AF296402

AS-TU TUÉ
LE MANDARIN?

COMÉDIE EN UN ACTE MÊLÉE DE CHANT

PAR

MM. ALBERT MONNIER ET ÉDOUARD MARTIN

Représentée, pour la première fois, à Paris, sur le théâtre du PALAIS-ROYAL, le 20 novembre 1855.

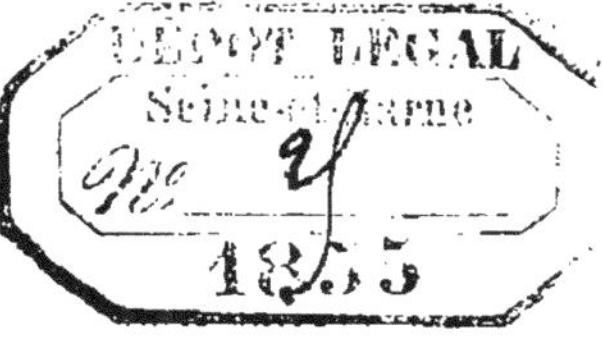

Distribution de la Pièce.

PROCOPE.	MM.	GIL PÉREZ.
MAXIME, son ami		LACROIX.
LANDREMOL, garçon d'hôtel (baragouin allemand)		BRASSEUR.
VAN DOUILLEN DOUILLEN . . .		KALEKAIRE.
GRIGOU		PROSPER GOTHI.
CLÉMENCE, nièce de Grigou. . .	Mlle	RUBENSTEIN.
JEAN, commissionnaire.	M.	LUCIEN.

La scène se passe à Paris, dans un des riches hôtels meublés de la rue de Richelieu.

AS-TU TUÉ LE MANDARIN?

Salle d'hôtel meublé; à droite et à gauche, portes latérales avec les numéros 6, 7, 8 et 9. Au deuxième plan, à droite, l'entrée d'un corridor; on y lit *Escalier D*. Porte au fond, sonnettes, avec numéros indicateurs; chaises, guéridon avec journaux.

SCÈNE PREMIÈRE.

MAXIME, puis LANDREMOL[*].

MAXIME, entrant.

En voilà un imbécile de garçon d'hôtel...

LANDREMOL, entrant.

Mais enfin, que demande Monsieur?

MAXIME.

Voici une heure que je te dis, animal!...M. Procope!.. (Criant.) Procope! P. r. o. c. o. p. e.

LANDREMOL.

Ah! fallait donc le dire... j'avais pas compris du tout... Vous dites : Brocope, et moi je dis Brocope... c'est pas la même chose...

MAXIME.

Eh! bien, où est-il?

LANDREMOL.

Il a quitté son entresol, sous prétexte qu'il y avait treize marches... Il a quitté le premier, parce qu'il y en avait vingt-six et que ça fait deux fois treize... et ainsi de suite... Enfin, il est arrivé sous les toits, prétendant que c'était pour se livrer à des expériences de lune... moi, je crois qu'il a eu des mots avec la Banque de France. (Il rit niaisement.)

MAXIME.

Hein!

LANDREMOL.

C'est mon idée!

MAXIME.

Il suffit... je monte[**]...

LANDREMOL.

C'est inutile... je sonne l'ami de Monsieur. (Il tire un cordon de sonnette.)

MAXIME.

Comment?

* M. L.
** L. M.

LANDREMOL.

Oui, c'est convenu avec lui... Vous comprenez bien que lorsqu'on perche si haut... c'est désagréable pour les autres de monter... Il est en route, allez...

MAXIME.

Soit... M. l'Alsacien, je vais attendre.

LANDREMOL.

Moi, je suis Parisien.

MAXIME.

Parisien ! avec cet accent !

LANDREMOL.

Oui, Monsieur... Je suis né à Strasbourg... mais, rue de Paris... ce qui fait qu'un sergent de chez nous m'a dit que j'étais un Parisien de Strasbourg.

MAXIME.

Un sergent?.. Tu as donc servi, toi ?..

LANDREMOL.

Oui, Monsieur, mais... j'ai eu mon congé au bout de sept semaines.

MAXIME.

Sept semaines ?

LANDREMOL.

On m'a déclaré malpropre au service militaire, pour cause d'incapacité. (Avec fierté.) C'est écrit en toutes lettres sur mes papiers.

MAXIME, à part.

Il est amusant ce drôle !

LANDREMOL, riant.

La première fois qu'on m'a mis un fusil dans les mains, j'ai écrasé le pied de mon caporal... la seconde fois, j'ai manqué de crever l'œil à mon sergent... la troisième fois, j'ai presque embroché un supérieur... Alors, mon capitaine a dit que j'étais un crétin, et il m'a fait donner mon congé... il paraît que crétin c'est un cas d'exemption, comme qui dirait fils aîné de femme veuve... Etes-vous crétin, vous?..

MAXIME.

Dame ! puisque j'ai la sottise de causer avec toi *!

LANDREMOL.

Ça fait que nous sommes deux crétins. (On sonne.) Cette fois, c'est moi qui suis sonné... je vous quitte, heureux si, par mes faibles talents, j'ai pu vous donner d'utiles renseignements. (Il tend la main.)

MAXIME, il met la main à son gousset et tire sa montre.

Bien!.. bien!..

LANDREMOL, à part.

Rien ! Mon Dieu ! que le sieur Procope reçoit de vilain monde ! Il entre au n° 8, chez Grigou.)

* M. L.

SCÈNE II.

MAXIME, puis PROCOPE.

MAXIME.

Ce pauvre ami... il paraît qu'il ne roule pas sur l'or...

PROCOPE*, il tient un livre et lit à haute voix :

« S'il suffisait pour devenir le riche héritier d'un homme qu'on
« n'aurait jamais vu....

MAXIME.

Eh! ce cher Procope...

PROCOPE.

· Tiens! c'est Maxime, un vieil ami de collége...

MAXIME, lui serrant la main.

Ne te voyant plus, je te croyais reparti en voyage... Es-tu
encore pour longtemps à Paris?..

PROCOPE, sombre.

Pour toujours!..

MAXIME.

De quel air dis-tu cela?

PROCOPE.

Je dis cela d'une façon assez Rachel, n'est-ce pas?.. que veux-
tu, mon bon Maxime, je tourne à la tragédie... j'ai du vague
dans l'âme... je broie du noir... ce qui est une occupation assez
malpropre...

MAXIME.

As-tu des peines de cœur ou d'argent?

PROCOPE.

L'une et l'autre... je suis amoureux et pané...

MAXIME.

Alors, dispose de moi... de ma bourse, si une dizaine de
louis...

PROCOPE.

Dix louis!... ça fait deux cents francs. (Tristement.) Non, merci!
ce n'est pas cette somme qu'il me faut... ça te gênerait peut-
être, et moi je resterais dans la même position... J'ai besoin de
cinquante mille francs.

MAXIME.

Cinquante mille francs!

PROCOPE.

Tu sauras que j'ai eu des malheurs comme un vrai portier...
je ne te les narrerai pas... Il y a trois mois, il me restait un peu
plus de cinq mille francs... J'étais à Naples avec Grigou... c'est
l'oncle de mademoiselle Clémence Grigou.

MAXIME.

Grigou?...

PROCOPE.

Le nom est vilain; mais la petite est jolie... J'en devins éper-

* M. P.

dûment amoureux. J'étais donc à Naples avec la tribu Grigou...

MAXIME.

Mais tes cinq mille francs.

PROCOPE.

Attends donc : un matin un Mazaniello napolitain entre à mon hôtel et me propose des billets de la loterie normande. Tu comprends... le souvenir de la sole... de ce nom et de la patrie absente... *patriam absentem*... Bref, je lis le prospectus, et je vois qu'en gagnant les dix premiers lots, je puis refaire ma fortune... alors je me dis :... Il te reste cinq mille francs, mon bonhomme... qu'est-ce que cinq mille francs?...

MAXIME.

C'est trois cents francs de rente ?

PROCOPE.

Je ne dis pas le contraire; mais qu'est-ce que trois cents francs de rente? vingt-cinq francs par mois... qu'est-ce que vingt-cinq francs par mois?... seize à dix-sept sous par jour... Pêcheur napolitain, donnez-moi cinq mille billets!

MAXIME.

Tu es fou...

PROCOPE.

Quand je revins en France, la loterie était tirée...

MAXIME.

Et tu avais perdu?...

PROCOPE.

Pas du tout!... j'avais gagné le quatorzième lot... une lithographie de la bataille de Jemmappes et Valmy... je l'ai fait encadrer... ça me donne du cœur... quand je suis triste, je me dis : c'est égal, j'appartiens à une grande nation.

MAXIME.

Et que prétends-tu faire?...

PROCOPE.

Je ne sais... je tourne au parisien de la décadence, je deviens un Desgenais...hydrophobe... j'insulte tout le monde !... (Imitant l'acteur Félix.) Sapristi! qué qu' c'est que ça !

MAXIME.

Allons, point de découragement.

PROCOPE.

Maxime, je n'ai plus le sou, et je n'ai pas envie de travailler... Il m'est déjà venu l'idée d'acheter un caniche, une sébille, et d'aller faire concurrence à l'aveugle du pont des Arts... Le soleil ne luit que pour les aveugles... on dit qu'ils sont tous riches.

MAXIME.

Tu plaisantes...

PROCOPE.

Non ! je ne plaisante pas. (Avec amertume.) Je ne sais plus plaisanter. Il y a des moments même où j'essaie de m'étourdir... Croirais-tu qu'hier j'ai cherché l'oubli dans la pochardise...

MAXIME.

Farceur.

PROCOPE.

Un souper d'amis... j'avais absorbé un chiffre considérable de verres de champagne..... et j'étais suffisamment ému cette nuit....... Je me rappelle même vaguement avoir administré une légère pile à quelqu'un ici, dans l'escalier, en rentrant... j'ignore si c'est à un homme ou à une femme... j'espère que c'est à un homme... si c'est à une femme j'ai beaucoup cogné... Ma victime a crié... je suis vivement remonté à mon colombier... mais ceci est un détail oiseux de ma vie intime... Bref, mon ami... je n'ai plus de cœur à rien... au premier jour je tuerai le mandarin.

MAXIME.

Tuer le mandarin! que veux-tu dire?

PROCOPE.

Tuer le mandarin... c'est être disposé à tout pour arriver à la fortune, en sauvant seulement les apparences.

MAXIME.

Ma foi, mon cher, je ne voudrais pas de la fortune à ce prix-là... tuer un homme!

PROCOPE.

Tu n'as donc jamais lu Jean-Jacques? (Il tire son livre de sa poche.) Tiens, écoute ce que dit cet ami de l'humanité : « S'il suffisait, « pour devenir le riche héritier d'un homme qu'on n'aurait « jamais vu, dont on n'aurait jamais entendu parler, et qui ha- « biterait le fin fond de la Chine, de pousser un bouton pour le « faire mourir... qui de nous ne pousserait pas ce bouton?... »

MAXIME.

Dame, c'est vrai! Et cependant, ce n'en serait pas moins un assassinat...

PROCOPE.

Oh! oh!... un vilain magot... un habitant de Nankin, de Pékin!

MAXIME.

De près ou de loin, c'est toujours un crime!...

PROCOPE.

Oui, mais pousser le bouton, et palper les monacos du chinois... c'est bien tentant...

MAXIME, tirant sa montre.

Allons, tu déraisonnes... Voici l'heure de la Bourse... veux-tu que je revienne te chercher pour dîner?

PROCOPE.

J'irai avec plaisir (A part.) et avec appétit.

MAXIME.

Je te remonterai le moral... et je chercherai un moyen de te tirer d'embarras... Tiens... mais au fait... quelle idée!...

PROCOPE.

Quoi donc?

MAXIME.

Je ne veux pas te faire une fausse joie... mais si je réussis...
tu me remercieras tantôt... Au revoir *, (il rit.) assassin !...

ENSEMBLE.

Air : Quittons le moulin. (Pilati.)

Redeviens
Je serai   joyeux
Comme aux temps heureux
Où, bons compagnons,
Gaîment nous vivions !
A bas le chagrin,
Ce rêve malsain !
Et pour l'abolir,
Vive le plaisir !

SCÈNE III.

PROCOPE, seul.

Il a raison, ce cher Maxime, soyons joyeux. (Jettant son livre
sur la table.) Vas au diable, citoyen de Genève ! Si c'était vrai,
cependant ; tuer le mandarin, j'aime assez cette périphrase. S'il
suffisait de pousser ce bouton, par exemple... pour qu'un Chinois... ô, Satan !... Ah ! mais, polisson !... tu m'envoies d'in-
fernales pensées... Ah ! bah !... au fait, je suis seul... je veux
m'étaler à mon aise dans cette idée saugrenue... Un Chinois,
ce n'est pas un homme, c'est un atroce singe... Un mandarin
passe dans une rue de Pékin ou de Kanton... je touche le bouton de cette porte... il tombe... est-ce que je suis coupable ?...
Je n'ai pas d'épées, pas de pistolets, pas de poignards, rien dans
les mains, rien dans les poches... Décidément, je vais m'amuser
à tirer en effigie un mandarin à quatre ou cinq mentons... bien
laid et bien criblé de rhumatismes... c'est un service que je lui
rends... (Il s'approche du bouton de la porte nº 9. L'orchestre joue les
premières mesures de l'air des nonnes de Robert le Diable.) C'est étrange !..
ma main tremble !... allons donc ! (Il s'approche de la porte de gauche
à pas comptés.) une !... deux !... trois !... (Il tire violemment le bouton
de la porte, qui, en lui restant dans la main, le fait asseoir par terre.) Ah !...
le bouton m'est resté dans la main !... c'est drôle ! ça m'a
répondu là... (Il touche son cœur.) et ailleurs ! (Il regarde à terre, près de
la porte, sous une chaise.) Hein !... qu'est-ce que c'est ?... un portefeuille !.. (Il l'ouvre.) des billets de banque ! il y en a au moins pour
cent mille francs... Ah ! mon Dieu ! ah ! miséricorde ! j'ai tué le
mandarin !.. Suis-je bête !.. est-ce que c'est possible ?.. Eh ! non !
ça n'est pas possible !... voilà le chiffre du véritable propriétaire.
V. D. Allons !... ma fortune est flambée... ça doit être un voyageur logé dans cet hôtel... je n'ai pas tué le mandarin, et il n'a
pas pris un moyen détourné pour m'envoyer son héritage... Dé-
barrassons-nous de ce maroquin... je suis pauvre... mais honnête... ça me vexe ! (Entre le garçon.) Justement voici Landremol.

* P. M.

SCÈNE IV.

PROCOPE, LANDREMOL.

LANDREMOL, se disposant à gagner l'escalier.

Monsieur...

PROCOPE.

Y a-t-il dans cet hôtel un voyageur dont le nom commence par un V et par un D?

LANDREMOL.

Certainement ; nous avons d'abord au quatrième monsieur Barbichon, puis mademoiselle Aldegonde Roustoubique.

PROCOPE.

Un V et un D, animal! Y a-t-il quelqu'un dont le nom commence par un V et par un D, ici, à l'entresol?

LANDREMOL, riant.

Vous préférez commencer par en bas... bon! Nous avons monsieur Arthur, qui demeure au sixième...

PROCOPE.

Non!... ici, à l'entresol?

LANDREMOL.

Il y a Van Douillen...

PROCOPE.

Ah! voilà mon affaire! Qu'est-ce qu'il fait?

LANDREMOL.

Van Douillen-Douillen?... il fait sa barbe en ce moment.

PROCOPE.

Je te demande sa profession.

LANDREMOL.

Il est tulipier.

PROCOPE.

Hein?

LANDREMOL.

Oui, il cultive des tulipes en grand; ça a l'air d'être un drôle d'état, mais il paraît que ça rapporte gros, car monsieur Van Douillen est énormément riche, et je me suis laissé dire que sur tous les murs de la Hollande on lisait ceci : Van Douillen a le sac!

PROCOPE.

Ah! Van Douillen a le sac!... il est bien heureux, celui-là! Je veux lui parler... où perche-t-il?

LANDREMOL.

Là, au n° 9...

PROCOPE.

Dis-lui que je veux le voir. Va!

LANDREMOL.

Je vas! (Il ouvre le n° 9 et y entre en fredonnant une tyrolienne.)

* L. P.

SCÈNE V.

PROCOPE, puis VAN DOUILLEN.

PROCOPE.

O vertu! tu l'emportes!... cet argent me brûle les phalanges!...
Ah! scélérat de Chinois! quelle émotion tu m'as fait éprouver
pour rien... Allons, restituons!... (Van Douillen paraît à gauche.)
Ah!... voilà le vrai propriétaire de la chose... Monsieur...

VAN DOUILLEN *, en feuilletant un gros dictionnaire flegmatiquement.

Plaît-il?

PROCOPE.

Pardon, Monsieur... je... je... c'est vous qui portez la gra-
cieuse enseigne de Van Douillen?

VAN DOUILLEN, distrait.

Douillen... Eh bien, après?

PROCOPE.

Voyez-vous ce portefeuille couleur pensée?

VAN DOUILLEN.

Je n'aime pas cette fleur, je préfère les tulipes... En ce
moment, je cherche un nom pour une tulipe monstre **.

PROCOPE.

Avant toute chose, Monsieur, regardez donc ce portefeuille...
il porte les initiales V. D. (Insistant.) Monsieur... les initiales V. D.

VAN DOUILLEN, distrait.

Les initiales V. D... Oui, c'est à moi.

PROCOPE.

Et ça ne vous fait pas un satané plaisir de voir ce calepin
entre les mains d'un honnête homme qui l'a trouvé et qui le
rapporte.

VAN DOUILLEN.

Qu'est-ce que ça me fait!

PROCOPE.

Mazette! il faut que vous ayez la sensitive diablement racor-
nie... mais il contient cent mille francs intacts...

VAN DOUILLEN.

Qu'est-ce que cent mille francs à côté de ma tulipe colossale?

PROCOPE.

Pour vous, ce n'est peut-être rien de les recevoir... vous êtes
si riche...

VAN DOUILLEN.

Oui, je le suis assez.

PROCOPE.

Mais, pour moi, ça me coûte beaucoup de les rendre.

VAN DOUILLEN.

Pourquoi les rendez-vous?

* V. P.
** P. V.

PROCOPE.

Pourquoi ? Savez-vous, monsieur Van double Douillen, que vous me faites des questions étranges ?... Je rends ces cent mille francs parce que je suis un honnête homme...

VAN DOUILLEN, toujours absorbé dans son livre.

Je vois que vous n'avez pas besoin d'argent.

PROCOPE.

Vous voyez mal, homme aux tulipes... jugez-en !... Il me reste onze francs soixante centimes et deux timbre-postes pour aller jusqu'à la fin de mes jours... et je ne suis pas économe... Voilà le portefeuille... prenez !...

VAN DOUILLEN.

Que voulez-vous que j'en fasse?... (A lui-même.) Si je l'appelais... Myrrha! (Il passe devant Procope.)

PROCOPE.

Mais songez donc que cent mille francs c'est l'indépendance, c'est le bonheur d'un homme!

VAN DOUILLEN.

Une autre fois, ne me dérangez pas pour des niaiseries semblables!...

PROCOPE.

Monsieur Van Douillen veut rire?

VAN DOUILLEN.

Je ne ris jamais.

PROCOPE.

Cependant mépriser une si grosse somme.

VAN DOUILLEN.

On n'ennuie pas les gens ;... (Il rentre et ferme la porte avec violence.)

SCÈNE VI.

PROCOPE, seul.

Mais, Monsieur... il me flanque la porte au nez... et il me laisse le portefeuille?... En voilà un original!... mes onze francs soixante ont attendri cet archi-millionnaire... quelle incroyable fantasmagorie!... Allons! me voilà riche!... je puis, maintenant, me déclarer officiellement... (On entend tousser Grigou.) Justement, je reconnais cette toux... elle est la propriété de l'oncle Grigou... battons le fer pendant qu'il est chaud!

SCÈNE VII.

PROCOPE, GRIGOU, CLÉMENCE, ils sortent du nᵒ 8*.

GRIGOU, à sa nièce. — Cantonade.

Dépêche-toi de mettre ton chapeau, mon enfant... nous allons

* P. G. C.

arriver en retard au Jardin des Plantes... Tu sais bien que c'est
à trois heures précises que l'ours monte à l'arbre.

CLÉMENCE, entrant.

Me voici prête, mon oncle !...

PROCOPE, au fond.

Qu'elle est belle, mon adorée... Allons, donnons l'attaque.
(Il s'approche.) Hum ! hum !

GRIGOU, l'apercevant.

Hé ! mais ! c'est monsieur Procope... Bonjour monsieur Procope !...

PROCOPE.

Vous allez bien, aujourd'hui ?

GRIGOU.

Oui... je vais... je vais au Jardin des Plantes, comme d'habi-
tude... je l'aime beaucoup... ce qui me charme, c'est de voir
monter l'ours à son arbre. Ma nièce sympathise mieux avec la
girafe.

PROCOPE, ivre de joie.

Ah ! monsieur Grigou, si vous saviez*... je suis le plus beu-
reux des hommes !...

GRIGOU.

Vraiment, mon garçon ?

PROCOPE.

Et il dépend de vous de me rendre plus heureux encore !

CLÉMENCE, à part.

Avec quels yeux, Monsieur Procope me regarde !...

PROCOPE, distrait.

Figurez-vous que j'ai tué...

GRIGOU, effrayé.

Vous avez tué quelqu'un !...

PROCOPE, se reprenant.

Une mouche... rien qu'une mouche qui me chatouillait le nez
d'une façon inconvenante... mais il ne s'agit pas de mouche...
il s'agit de mon bonheur !...

GRIGOU, l'interrompant.

Pardon, cher ami... il est deux heures moins cinq... nous
allons manquer l'ours... je vais faire appeler un petit vingt-deux
sous pour nous voiturer... (Il remonte.)

PROCOPE, bas, à Clémence.

Restez, je vous en prie !...

GRIGOU.

Viens, Clémence**...

CLÉMENCE.

Ah ! mon Dieu !... j'ai oublié mes gants !... Je vous rejoins,
mon oncle... (Elle rentre au numéro 8.)

* G. P. C.
** P. G. C.

GRIGOU.

Ne tarde pas... ça me rend maussade quand je n'ai pas vu gambader mon ours. (Il sort par le fond.)

SCÈNE VIII.

PROCOPE, CLÉMENCE *.

CLÉMENCE, revenant à Procope.

Qu'avez-vous à me dire?...

PROCOPE.

Clémence, vous savez combien je vous aime...

CLÉMENCE.

Monsieur Procope, je ne vous déteste pas.

PROCOPE.

Ah! merci... Clémence, permettez-moi de vous adresser pour la première fois une question... terrible! Voulez-vous mettre votre main dans ma main, et venir à la mairie la plus prochaine pour y prononcer un petit oui bien gentil, bien mignon?

CLÉMENCE.

Demandez à mon oncle, monsieur Procope.

PROCOPE.

C'est bien ainsi que doit répondre une demoiselle qui a été élevée dans un pensionnat de la banlieue... c'est chaste; mais ça n'indique pas l'état de votre cœur.

CLÉMENCE.

C'est que... faut-il que je vous parle avec franchise?...

PROCOPE.

Comment donc... la franchise est la vertu de ceux qui ne savent pas mentir.

CLÉMENCE.

Eh bien! il faut vous l'avouer, je crains... que votre position...

PROCOPE.

Vous croyez que je dois être à sec... comme la Mer Rouge... pendant le passage des Hébreux... mais ne parlons pas hébreu... rassurez-vous, je ne suis pas pauvre... je loge au sixième, c'est vrai... mais je suis riche... tenez... j'ai cent mille francs!..

CLÉMENCE.

Cent mille francs!... Ah! mon Dieu! voilà ce que je redoutais...

PROCOPE.

Vous trouvez que ce n'est pas assez.

CLÉMENCE.

Mais au contraire, Monsieur... mon oncle va peut-être vous trouver trop riche pour moi... Trop pauvre, il n'eût pas voulu de vous; trop riche, il n'en voudra pas encore.

* P. C.

PROCOPE.

Mademoiselle, vous me promenez dans les catacombes sans lumière... Je perds le cordon... le cordon, s'il vous plaît !...

CLÉMENCE.

Apprenez donc que mon oncle n'a jamais la même opinion deux jours de suite, concernant mon mariage ; un jour il dit qu'il ne me mariera qu'à un homme pauvre, pour qu'il me doive l'aisance ; le lendemain il veut que je devienne la femme d'un homme riche, afin que ce ne soit pas pour ma dot que mon mari m'épouse.

PROCOPE.

S'il change d'opinion tous les deux jours, la chose est facile à arranger : je lui dirai que je suis pauvre ou riche, selon que le jour sera pair ou non... Quel jour sommes-nous ?

SCÈNE IX.

LES MÊMES, GRIGOU *

GRIGOU.

Mais viens donc vite, ma nièce... la voiture est en bas... nous n'arriverons pas à temps... J'ai dit au cocher... si l'ours n'est pas monté, je vous donnerai deux sous pourboire.

PROCOPE.

Monsieur Grigou, suspendez votre ours... et écoutez-moi.

GRIGOU.

Je n'ai pas le temps, partons, Clémence. (Il l'emmène.)

CLÉMENCE.

Mais mon petit oncle, puisque monsieur...

GRIGOU.

Plus tard... je vais...

PROCOPE, le suivant.

Il s'agit du bonheur de Clémence.

GRIGOU, continuant sa phrase.

A l'ours !

PROCOPE, lui barrant le passage.

Monsieur Grigou, je suis riche !...

GRIGOU.

Hein ?...

PROCOPE, avec résolution.

Voulez-vous que j'épouse votre nièce... j'ai cent mille francs !...

GRIGOU, le ramenant.

Cent mille francs ! Monsieur Procope, je n'aime pas les gens riches..... Ma nièce n'aura qu'un mari pauvre..... il lui devra tout...

PROCOPE.

Quoi ! Monsieur, vous me refuseriez ?... Vous voulez donc me réduire au désespoir ?...

* P. G. C.

GRIGOU *.

C'est mon dernier mot!...

Air des *Lions rapés.* (Varney.)

PROCOPE.

Écoutez-moi donc!

GRIGOU.

C'est fini pour toujours...

PROCOPE.

Bien loin de ces lieux, je vais finir mes jours!

GRIGOU.

Oui, portez ailleurs vos feux et vos amours.

PROCOPE.

Je m'en vais mourir!

GRIGOU.

Moi je m'en vais à l'ours! (*bis.*)

(Il sort furieux avec Clémence.)

SCÈNE X.

PROCOPE seul.

Ça, c'est trop fort. Je désire la richesse pour m'élever à celle que j'aime!... la richesse me vient.., et voilà qu'un crétin d'oncle... Aurait-il des soupçons sur l'origine de mes cent mille francs?... Sans m'en douter, aurais-je du sang chinois à ma chemise?... Brrr... à cette pensée je sens qu'un de mes cheveux vient de blanchir... Oh! je sais le nom du mandarin que j'ai boutonné... il s'appelle la conscience...

Air : *Tu ne vois pas jeune imprudent.* (Varney.)

Voyez, les coups du sort moqueur!
Tandis qu'à vaincre je m'applique,
On me refuse mon bonheur
Pour une cause... métallique...
Il me veut pauvre, ce tyran!
Près de toi je vais, ma Minette
Revenir plus nu qu'un saint Jean,
Plus pané qu'une côtelette!

Oui, mais comment me débarrasser de cet argent?..... Eh! parbleu!... le moyen est bien simple... je le rends à Van Douillen, il faudra bien qu'il le reprenne..... et j'épouse Clémence. Excellente idée!... Contentement passe richesse.

SCÈNE XI.

PROCOPE, LANDREMOL **.

LANDREMOL, portant des bottes et un chandelier.

La chambre de Monsieur est faite.

* G. P. C.
** P. L.

PROCOPE.

Ah! c'est toi, Landremol... où est M. Van Douillen?

LANDREMOL.

Vandouillen-bis! Parti!...

PROCOPE.

Parti!... A quelle heure rentrera-t-il?

LANDREMOL.

Jamais, Monsieur.

PROCOPE.

Ah! bath!

LANDREMOL.

Oui, Monsieur; on assure qu'en bas, il a reçu une mauvaise nouvelle...

PROCOPE.

Une mauvaise nouvelle?...

LANDREMOL.

Par le télégriphe électraque... Son exploitation est compromise...

PROCOPE.

Comment!... est-ce qu'il serait ruiné?...

LANDREMOL.

J'en ai peur!

PROCOPE.

Ruiné!... (A part.) Ah! mais, alors, raison de plus...

LANDREMOL.

Il paraît que ses tulipes ont la maladie des pommes de terre.

PROCOPE.

Oh! le malheureux!... Landremol, tu vas partir...

LANDREMOL.

Faire une commission à Monsieur?...

PROCOPE.

Oui... tu vas t'en aller en Hollande.

LANDREMOL.

En Hollande!... c'est-y drôle!

PROCOPE.

Avec ces cent mille francs...

LANDREMOL.

Cent mille francs!... vous avez cent mille francs! et vous me devez vingt-six sous de port de lettres... C'est farce!

PROCOPE.

Tu diras à Van Douillen qu'il te les solde avec le prix de la course.

LANDREMOL, riant bêtement.

Et ça tient dans ce portefeuille?

PROCOPE.

Oui, ça tient dans ce portefeuille... Allons, pars et reviens vite!

SCÈNE XII.

LES MÊMES, GRIGOU, CLÉMENCE*.

GRIGOU.

Je te dis que ce cocher n'a pas gagné son pourboire!

PROCOPE.

Ah! cher beau-père, vous arrivez à propos... vous voyez un homme léger comme une plume!.. j'ai un mandarin de moins sur l'estomac!

GRIGOU ET CLÉMENCE.

Un mandarin!

PROCOPE, apercevant Landremol qui réfléchit à la porte.

Comment! tu n'es pas encore parti?

LANDREMOL.

Ah bien! ma foi, ça me va' j'étais habitué aux chandeliers et aux bottes; mais ça m'amusera de voyager dans la patrie du fromage de Hollande; je vas me faire beau! (Il sort.)

GRIGOU, à Procope.

Nous expliquerez-vous, enfin?..

PROCOPE.

Monsieur Grigou... ce matin je vous ai demandé la main de votre charmante nièce?..

GRIGOU.

Et moi je vous ai répondu que vous étiez trop riche pour nous... c'est vrai... ça... si j'ai souffert vos assiduités, c'est que j'avais pris des renseignements sur votre compte... On m'avait affirmé que vous n'aviez aucun patrimoine... ça m'allait... je me disais : comme il me soignera... comme il me mijotera, moi qui l'aurai fait riche... mais pas du tout... Monsieur a de l'argent... il a cent mille francs, c'est indigne! vous m'avez trompé!...

PROCOPE.

Si ce n'est que ça... (Il lui saute au cou **.) j'ai trouvé un moyen de tout arranger.

CLÉMENCE.

Ah! tant mieux!

GRIGOU.

Comment cela.

PROCOPE.

Quand la terre aura tourné quelques minutes encore... je n'aurai plus le sou...

GRIGOU.

Mais vos cent mille francs, vous les avez donc donnés aux indigents?

PROCOPE.

C'est sans doute une pensée pieuse... mais j'ai trouvé une autre destination.

* C. G. P. L.
** C. P. G.

GRIGOU, lui tendant la main.
Ainsi, vous ne les avez plus?..

PROCOPE.
Je ne les ai plus !

GRIGOU, sévèrement.
Monsieur Procope, je vous préviens que si j'aime les gens pauvres, je déteste les prodigues, les brouillons, les écervelés ; ma nièce n'épousera pas un homme qui s'est ruiné à plaisir.

PROCOPE.
Vous me refusez parce que je suis trop riche, et vous ne voulez pas de moi, parce que je suis trop pauvre... Je renonce à expliquer ce logogriphe !

GRIGOU.
Je voulais marier ma nièce à un homme pauvre, mais non pas à un homme ruiné, à un dissipateur, à un... que sais-je, moi? Vous n'avez plus les cent mille francs... vous n'aurez pas ma nièce *....

ENSEMBLE.

Air : *Ah! quel gentil ménage!*

GRIGOU.
Allons, sans plus d'esclandre
Quittons cette maison :
Je ne veux rien entendre ;
Lorsque j'ai dit : non! c'est non!

PROCOPE ET CLÉMENCE.
Ah! daignez me comprendre,
Écoutez la raison ;
Il ne veut rien entendre
Lorsqu'il a dit : non! c'est non!
(Grigou rentre chez lui avec sa nièce.)

SCÈNE XIII.

PROCOPE, LANDREMOL *, Pendant l'ensemble précédent, il a paru à droite; après la sortie des deux personnages, il est en scène, tout pensif.

PROCOPE, accablé, s'asseyant.
Ah! c'est à en perdre le peu de tête qu'on a. (Voyant Landremol.) Comment! tu n'es pas encore parti, toi? tu devrais déjà être au chemin de fer.

LANDREMOL.
Qui jamais aurait pu penser !...

PROCOPE.
Que faire ?

LANDREMOL.
Monsieur veut-il me permettre de placer un petit récit ?

* C. G. P.
** L. P.

PROCOPE.

Pourvu que ce ne soit pas celui de Théramène... tu parleras en route...

LANDREMOL.

Est-il pressé ! Je vais voiler la vérité sous des fleurs, je serai délicat, car, sous les allures de domestique, je cache un cœur de montagnard, moi !

PROCOPE.

Eh bien ! montagnard, qui t'empêche de te mettre en route ?

LANDREMOL.

En route !.. tenez, Monsieur, il n'est plus temps de feindre... je sais tout !

PROCOPE.

Et que sais-tu, imbécile ?

LANDREMOL.

Voyons, Monsieur, vous êtes jeune, vous avez une belle écriture... un bon mouvement... (Déclamant.) Suivez toujours le chantier de l'honneur : on en est bien sorti, quand on en est dehors !

PROCOPE.

Ah ça, mais, Dieu me pardonne, le drôle croit que je dois mes cent mille francs à quelque mauvaise action !

LANDREMOL.

Reprenez ce portefeuille, Monsieur, il me brûle les phalanges !

PROCOPE, allant pour le frapper.

Misérable ! je ne sais qui me retient !..

LANDREMOL, à ses genoux.

Frappez, Monsieur, mais Jésus mein gott, reprenez...

PROCOPE, prenant le portefeuille.

Comment ! je ne trouverai pas le moyen de me défaire de cet argent maudit !

SCÈNE XIV.

LES PRÉCÉDENTS, JEAN *

JEAN.

Monsieur, voici un petit mot que M. Maxime vous envoie.

PROCOPE.

Ah ! Maxime m'écrit !.. Dieu ! s'il pouvait avoir besoin d'argent. (Lisant.) « Cher Procope, j'ai gagné pour toi à la Bourse... « j'ai saisi un mouvement de baisse... j'ai acheté !.. Tu trouveras « ci-joint un billet de mille francs. (Il saisit Jean au collet.) Mais, malheureux ! je regorge de billets de banque !.. j'en ai trop... ça m'étouffe !.. j'ai poussé le bouton !

JEAN.

Le bouton ?

LANDREMOL.

Quel bouton?

* J. P. L.

JEAN.

C'est-y tout ce qu'il y a à dire à M. Maxime... je vais le retrouver à la Bourse...

PROCOPE.

A la Bourse! oui, c'est cela... le moyen est infaillible *... la rente baisse... je joue à la hausse... il y a cent à parier contre un que je perdrai... Attends un peu... (Il écrit.) Je lui donne ordre de jouer pour moi... il y va de mon bonheur... sinon je me tue!.. Tiens, va **... mais, va donc!

CHŒUR.

Air nouveau de *Mangeant*.

PROCOPE.

C'est convenu! c'est ordonné!
Dans un moment, je suis ruiné!
   A bas la richesse
    Traitresse!
Ah! maintenant, je sais combien
On est heureux quand on n'a rien;
On ne peut pas manger son bien.

LANDREMOL.

Mon Dieu! que je suis chagriné!
Abandonnons ce forcené!
   Mais, avec adresse
    Et finesse!
Veillons, pour qu'il ne sorte rien,
Car, bientôt, il lui faudra bien
Rendre à Dutremblay tout son bien!

JEAN.

C'est convenu!... c'est ordonné!
   (A part.)
Il a l'air d'un vrai forcené!
   Mais, je m'empresse
   Et je le laisse,
Puisqu'il prétend qu'il sait combien
On est heureux quand on n'a rien;
On ne peut pas manger son bien!

SCÈNE XV.

PROCOPE, VAN DOUILLEN ***.

PROCOPE.

Merci, mon Dieu! enfin... je n'ai plus le sou!

VAN DOUILLEN, sortant du n° 9.

Ah! c'est vous?

* J. L. P.
** J. P. L.
*** V. P.

PROCOPE.

Vous n'êtes pas parti ?

VAN DOUILLEN.

Mes tulipes allaient mieux.... Mais il ne s'agit pas de cela... je viens d'apprendre en bas du maître de l'hôtel et d'un monsieur Victor Dutremblay que vous m'aviez fourré dans vos mensonges.

PROCOPE.

Quels mensonges ?

VAN DOUILLEN.

Vous avez prétendu que je vous avais donné cent mille francs ce matin.

PROCOPE.

Mais il me semble que....

VAN DOUILLEN.

Est-ce que l'on donne cent mille francs...

PROCOPE.

Entendons-nous, monsieur Van.... je ne sais plus quoi... je ne vous ai pas montré ce matin un portefeuille pensée ?

VAN DOUILLEN.

D'accord.

PROCOPE.

Je ne vous ai pas dit qu'il contenait cent mille francs ?

VAN DOUILLEN.

Si fait.

PROCOPE.

Et qu'il était marqué des initiales V. D ?

VAN DOUILLEN.

Oui.

PROCOPE.

Ce à quoi vous m'avez répondu : c'est à moi.

VAN DOUILLEN.

A moi les initiales... V. D., Van Douillen ; mais le portefeuille, mais l'argent... je n'en ai pas parlé... je songeais plutôt à mes tulipes qu'à ce portefeuille qui appartient, dit-on, à monsieur Victor Dutremblay.

PROCOPE.

Victor Dutremblay !... Il y avait deux V. D !... Il y a quiproquo.

VAN DOUILLEN.

Ce monsieur prétend que vous l'avez attaqué cette nuit, dans l'escalier.

PROCOPE.

Ah ! c'est mon homme aux coups de poings...

VAN DOUILLEN.

Vous avouez donc l'attaque ?

PROCOPE, agité.

Hé quoi ! dans notre colletage mutuel... son portefeuille est tombé... et c'est moi qui... ce matin... ô hasard !

VAN DOUILLEN.

Vous changez de système... Ce n'est plus moi qui vous l'ai donné... vous l'avez trouvé.

PROCOPE.

L'un n'empêche pas l'autre.

VAN DOUILLEN.

Assez, Monsieur... rendez l'argent.

PROCOPE.

Mais je ne l'ai plus.

VAN DOUILLEN.

Qu'en avéz-vous fait?

PROCOPE.

Je l'ai perdu !

VAN DOUILLEN.

Est-ce qu'on perd de l'argent?

PROCOPE.

Dame ! puisqu'on en trouve.

VAN DOUILLEN.

Dites qu'on en vole !

PROCOPE.

Monsieur !

SCÈNE XVI.

Les mêmes, GRIGOU, CLÉMENCE, puis LANDREMOL.

GRIGOU *.

C'est encore moi, mon cher Procope; ma nièce vient de me rappeler que j'avais fait serment, la dernière fois que nous sommes allés à l'ours, de ne jamais la conjoindre qu'à un homme riche... En conséquence, je vous accepte pour neveu !... Où sont les cent mille francs?

PROCOPE.

Mes cent mille francs?...

VAN DOUILLEN.

Vous ne les avez donc pas perdus?...

PROCOPE, à part.

Damnation !... quand je les avais, personne n'en voulait !... à présent que je ne les ai plus, tout le monde se précipite dessus **!

CLÉMENCE.

Allons, monsieur Procope, montrez bien vite vos cent mille francs !

VAN DOUILLEN.

Et rendez-les sur-le-champ à Victor Dutremblay.

GRIGOU.

Comment ! ils ne sont donc pas à lui?

* V. P. G. C.
** V. C. P. G.

LANDREMOL, entrant *.

Il les avait chippés cette nuit, l'infâme !

PROCOPE.

Ah ! je ne suis plus Procope !... je suis Papavoine !... laissez-moi l'étrangler !...

LANDREMOL.

Au secours !...

ENSEMBLE.

Air des *Commères du roi des Halles*. (Adam.)

Allons, il faut en finir !

Par mes/ses mains tu/je vas mourir !

Grâce à toi/moi je/vous se rai/ez donc
Un vrai coupable, un démon !

LANDREMOL, et les autres personnages.
Mais, finissez donc !

Vous étranglez ce/un garçon !

PROCOPE.
Mais, laissez-moi donc
Assassiner ce garçon ** !

GRIGOU.

Mais, nous direz-vous enfin !...

PROCOPE.

Oui !... le moment est venu de s'expliquer... vous allez tout apprendre... Sachez donc qu'il était une fois un chinois qui...

SCÈNE XVII.

LES MÊMES, MAXIME ***.

MAXIME, accourant.

Ah ! mon ami, mon ami.

PROCOPE.

Eh ! bien ! tout est fini, n'est-ce pas, enfoncé !... Je puis achever ce coquin !... (Il empoigne Landremol.)

LANDREMOL.

N'achevez pas !... (Il baragouine de l'alsacien.)

MAXIME.

Au contraire... tout est sauvé !... ta fortune est faite.

TOUS.

Sa fortune ?

* V. C. P. G. L.
** C. G. P. V. L.
*** C. G. M. P. V. L.

MAXIME.

La reine Pomaré vient d'accoucher de deux garçons et de deux filles.

PROCOPE.

En même temps?

MAXIME.

Une hausse de deux francs, en quelques minutes... On s'arrache la rente!... le hasard fait que tu gagnes plus de trois cent mille francs!

TOUS.

Trois cent mille francs!

MAXIME.

Tiens, voici ton argent! (Il lui rend le portefeuille et un autre paquet.)

PROCOPE.

Maxime, si tu n'as jamais vu un homme mourir de joie apprête-toi à jouir de ce spectacle... (Rendant le portefeuille à Van Douillen.) Tenez, Monsieur... reportez bien vite ce maroquin. (A Grigou.) Monsieur Grigou* je vous demande plus que jamais la main de votre nièce.

GRIGOU.

Permettez.. nous étions convenus de cent mille francs... maintenant il s'agit de trois cent mille francs... je ne sais si je dois...

CLÉMENCE.

Ah! mon oncle!...

LES AUTRES.

Ah! Monsieur...

GRIGOU.

Allons! j'y consens, puisque la petite y tient**... cependant je ne serais pas fâché de savoir ce que tout ça veut dire...

PROCOPE.

Je vous l'expliquerai au dessert.

VAN DOUILLEN.

A propos, vous savez que mes tulipes vont tout à fait bien... Mais je n'ai pas encore trouvé un nom pour ma plus grande.

PROCOPE.

Oh! le nom est tout trouvé... Il faut l'appeler la tulipe orageuse.

LANDREMOL, à Van Douillen.

C'est la seule tulipe que je connaisse! (Il danse d'une façon grotesque.)

* M. C. G. P. V. L.
** M. G. C. P. V. L.

CHŒUR FINAL.

Air des *Clochettes de la pagode*. (Auber.)

Par ce gai mariage
Renaissons au plaisir,
Cet argent est le gage
D'un meilleur avenir !

PROCOPE, au public.

Air de l'*Anonyme*. (Saint-Hilaire.)

Je viens vous dire, au nom de la morale,
Qu'il faut, Messieurs, applaudir nos refrains,
Car, sachez-le, le plus petit scandale
Ferait de vous de cruels assassins !
Ma conscience à la vôtre s'adresse,
Et l'oreiller du remords est malsain !
Songez-y bien, en tuant notre pièce,
Vous allez tous tuer le mandarin !
Songez-y bien, en tuant notre pièce,
Vous tous aussi, tueriez le mandarin !

REPRISE DU CHŒUR.

FIN.

LAGNY. — Imprimerie de VIALAT et Cie.

www.ingramcontent.com/pod-product-compliance
Ingram Content Group UK Ltd.
Pitfield, Milton Keynes, MK11 3LW, UK
UKHW022243070726
13613UKWH00005B/2084